**Fernanda Lopes de Almeida**

# Seu Tatá, o distraído

ilustrações **Luiz Maia**

*Seu Tatá, o distraído*
© Fernanda Lopes de Almeida, 2008

Conforme a nova ortografia da língua portuguesa

Editora-chefe          Claudia Morales
Editora                Anna Angotti
Editora assistente     Elza Mendes
Coordenadora de revisão  Ivany Picasso Batista
Revisora               Bárbara Borges

Arte
Editor                 Vinicius Rossignol Felipe
Diagramador            Claudemir Camargo

**Agradecimentos a Cecília Modesto**

CIP-BRASIL. CATALOGAÇÃO NA FONTE
SINDICATO NACIONAL DOS EDITORES DE LIVROS, RJ

A444s
2.ed.

Almeida, Fernanda Lopes de
  Seu Tatá, o distraído / Fernanda Lopes de Almeida ;
ilustrações Luiz Maia. - 2.ed. - São Paulo : Ática, 2011.
  48p. : il. - (Passa anel)

  ISBN 978-85-08-13963-7

  1. Ficção infantojuvenil brasileira. I. Maia, Luiz.
II. Título. III. Série.

10-4721.                    CDD: 028.5
                            CDU: 087.5

ISBN 978 85 08 13963-7
Código de obra CL 737522

2012
2ª edição
2ª impressão
Impressão e acabamento: Syan Gráfica

Todos os direitos reservados pela editora Ática, 2009
Av. Otaviano Alves de Lima, 4400 – CEP 02909-900 – São Paulo, SP
Atendimento ao cliente: 0800-115152 – fax: (11) 3990-1776
www.atica.com.br — www.atica.com.br/educacional — atendimento@atica.com.br

IMPORTANTE: Ao comprar um livro, você remunera e reconhece o trabalho do autor e o
de muitos outros profissionais envolvidos na produção editorial e na comercialização
das obras: editores, revisores, diagramadores, ilustradores, gráficos, divulgadores,
distribuidores, livreiros, entre outros. Ajude-nos a combater a cópia ilegal! Ela gera
desemprego, prejudica a difusão da cultura e encarece os livros que você compra.

Ao meu pai, dedico este livro e todos os da série de Seu Tatá

Tatá da Silva
Professor Aposentado
de História Natural

SEU TATÁ ERA UM VELHINHO
TÃO DISTRAÍDO QUE TINHA
UM NINHO DE PASSARINHOS
NO CHAPÉU.

**MORAVA NUMA CASINHA MUITO SIMPÁTICA E ERA BASTANTE ESTIMADO PELA VIZINHANÇA.**

**MAS TODOS ESTRANHAVAM AQUILO:**
— SERÁ QUE ELE NÃO VÊ OS PASSARINHOS?
— IMPOSSÍVEL. TEM QUE VER QUANDO TIRA O CHAPÉU.

E ERA TAMBÉM MUITO ESQUISITO OS NETOS GOSTAREM TANTO DE PASSAR DIAS NA CASA DE SEU TATÁ.

– NÃO SEI QUE GRAÇA PODE TER FICAR NA CASA DE UM VELHINHO.

— ELE É DISTRAÍDO DEMAIS PARA TOMAR CONTA DE CRIANÇAS.

— SE EU FOSSE A MÃE NÃO DEIXAVA.

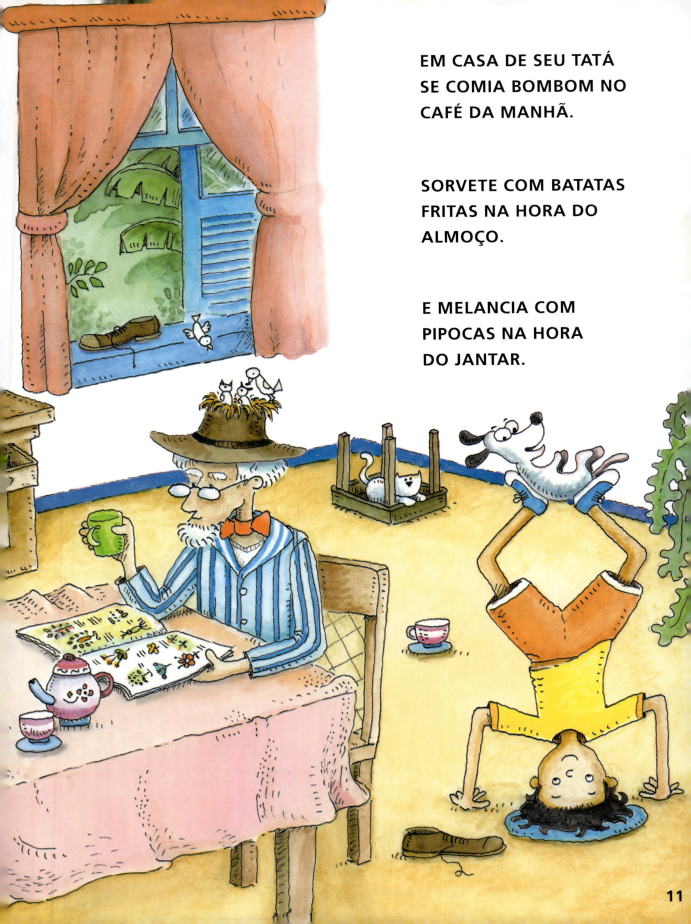

EM CASA DE SEU TATÁ SE COMIA BOMBOM NO CAFÉ DA MANHÃ.

SORVETE COM BATATAS FRITAS NA HORA DO ALMOÇO.

E MELANCIA COM PIPOCAS NA HORA DO JANTAR.

A FILHA NÃO PODIA COMPREENDER:

– DOUTOR, LÁ EM CASA TUTUCA TEM ALERGIA A CHOCOLATE. EM CASA DE PAPAI ELE ALMOÇA E JANTA CHOCOLATE E PASSA MUITO BEM.

– DEVE SER DO CLIMA.

– DO CLIMA COMO, SE A CASA DE PAPAI FICA NA MESMA RUA?

SEU TATÁ É QUE NÃO SABIA EXPLICAR.

– TUTUCA ALMOÇOU UMA CAIXA DE CHOCOLATES? NÃO REPAREI.

ISSO DE SEU TATÁ NÃO REPARAR EM NADA ERA UM TRANSTORNO PARA A FILHA.

– PAPAI, AS CRIANÇAS ESTIVERAM RESFRIADAS. SÓ PODEM IR PARA SUA CASA SE VOCÊ PROMETER QUE ELAS NÃO SE MOLHAM.

– ORA, ESPALHAFATO!

QUANDO SEU TATÁ NÃO CONCORDAVA COM UMA COISA, DIZIA SEMPRE AQUILO:

OS NETOS NÃO SABIAM O QUE ERA, MAS GOSTAVAM MUITO.

TAMBÉM GOSTAVAM MUITO DE BRINCAR DE ESCONDE-ESCONDE ATÉ DEPOIS DA MEIA-NOITE...

... E ADORAVAM NÃO TER CAMA PARA DORMIR!

SEU TATÁ SÓ DIZIA:

– DIVIRTAM-SE, CRIANÇAS!

A ÚNICA PREOCUPAÇÃO DE SEU TATÁ ERA QUE AS CRIANÇAS NÃO SE DIVERTISSEM.

O RESTO ELE ACHAVA ESPALHAFATO.

OS PAIS DAS CRIANÇAS É QUE VIVIAM PREOCUPADOS.

TUTUCA AINDA ERA MUITO PEQUENO PARA ANDAR SOZINHO PELA CALÇADA.

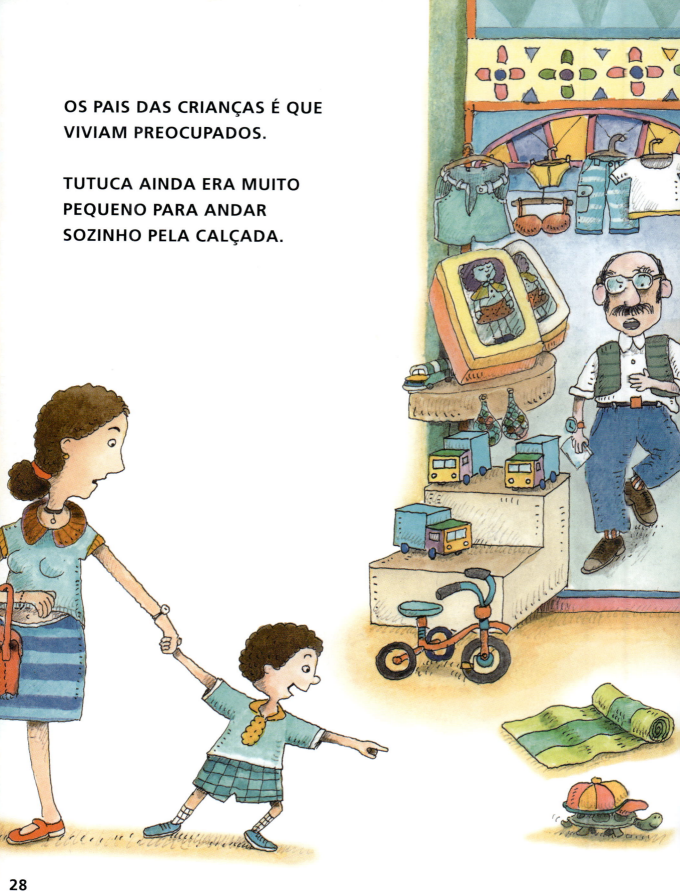

# BAZAR NEVES

PROMOÇÃO

O ZECA TAMBÉM NÃO TINHA IDADE PARA IR ÀS REUNIÕES DA ACADEMIA DE CIÊNCIAS NATURAIS.

**E ERA UM DESPROPÓSITO DEIXAR BELINHA FAZER COMPRAS NA FEIRA COMO BEM ENTENDIA.**

FELIZMENTE ESSAS COISAS SÓ ACONTECIAM NAS FÉRIAS E FERIADOS.

EM DIA DE SEMANA AS CRIANÇAS NÃO PODIAM FICAR NA CASA DE SEU TATÁ. ELE SEMPRE SE ESQUECIA DE MANDAR OS NETOS AO COLÉGIO.

E, ALÉM DISSO, TUTUCA FICAVA MUITO SUJO PARA PODER IR À AULA.

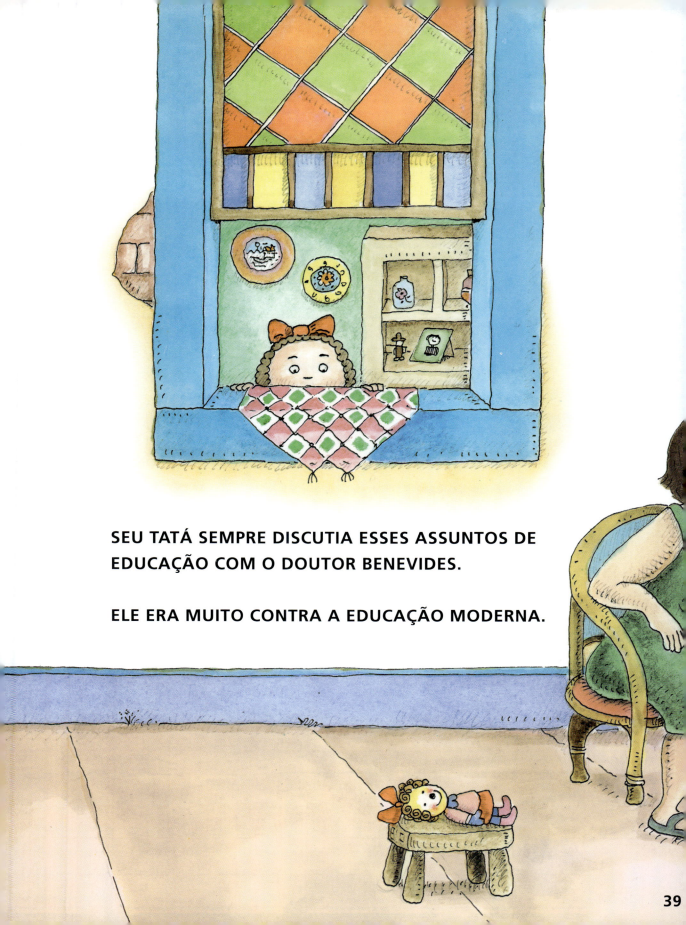

SEU TATÁ SEMPRE DISCUTIA ESSES ASSUNTOS DE EDUCAÇÃO COM O DOUTOR BENEVIDES.

ELE ERA MUITO CONTRA A EDUCAÇÃO MODERNA.

**POR ISSO É QUE NÃO DAVA EDUCAÇÃO NENHUMA.**

OS NETOS DE SEU TATÁ ERAM MUITO FELIZES.

TINHAM PAI E MÃE PARA CUIDAR DA SAÚDE, DA ESCOLA E DOS BONS MODOS.

**E TINHAM SEU TATÁ PARA NÃO CUIDAR DE NADA.**

# BATE-PAPO

==Fernanda Lopes de Almeida fala sobre sua infância, opina sobre liberdade e disciplina, conta como nasceu o Seu Tatá e avisa: esta é a primeira de muitas histórias com o personagem.==

*Muita gente sabe que você é um dos nomes mais importantes da literatura infantil brasileira, mas poucos sabem sobre sua infância. Você era parecida com os netos do Seu Tatá? Já pensava em ser escritora?*

Apesar de ter brincado muito, e às vezes feito algumas artes, não era uma "arteira" militante como os netos de Seu Tatá. Era mais para sonhadora. E comecei a escrever histórias e poesias aos sete anos de idade.

*Seu Tatá é diferente, engraçado, curioso... Ele existe de verdade? Foi inspirado em alguma pessoa real?*

Ele não existe, é puro personagem de ficção. Mas quem me inspirou foi meu pai, a quem o livro é dedicado. Claro que ele não agia com os netos como Seu Tatá. Mas dizia coisas sem pé nem cabeça, que as crianças adoravam. E sempre sério, como se fosse tudo muito natural. Exemplo: "Vovô, eu posso dormir aqui?". "Poce. Não tem cama, mas você pode dormir na pia da cozinha. É até muito prático, porque de manhã já abre a torneira e toma logo o seu banho." O neto ficava olhando para ele de olhos arregalados, em parte seduzido, em parte detestando a ideia de acordar e tomar logo um banho frio, ainda na "cama". Mas nenhum deles largava o avô, que era uma fonte inesgotável de surpresas.

*Os netos do Seu Tatá adoram o avô e a sua casa bagunçada, que são para eles sinônimo de liberdade. Você não acha que Seu Tatá pode atrapalhar o senso de disciplina e organização que os pais tentam passar a Tutuca, Belinha e Zeca?*

Seu Tatá não é um avô-padrão. Ele representa o sonho, a poesia, a fantasia. Como tal, está inteiramente fora de qualquer regra ou norma. Fantasia com regras não é fantasia. Mas os netos só vão para sua casa (para o reino de total liberdade e invenção) nos fins de semana e feriados. No resto do tempo eles estão sob os limites da disciplina, cuidados e senso de organização dos pais e, como o texto diz claramente, muito felizes com isso. As crianças precisam de limites e gostam deles, porque sem eles sentem-se perdidas.

*Você nasceu e cresceu no Rio de Janeiro, e hoje mora em São Paulo. Embora tenha vivido sempre em cidades grandes, o que a fez colocar Seu Tatá num cenário de cidade interiorana?*

O interior e os subúrbios sempre me encantaram. No Rio, quanto mais você se afasta da orla e entra na zona suburbana, mais mudam os usos e costumes. Às vezes parece que está em outra cidade. Isso ainda hoje em dia, apesar da TV e da internet. O mesmo se dá com as cidadezinhas do interior. Enquanto as metrópoles cada vez mais se uniformizam, o interior conserva, felizmente, uma fisionomia própria. Essa autenticidade, que combina tão bem com Seu Tatá, é que me atraiu.

*Como foi trabalhar com Luiz Maia, o ilustrador deste livro?*

O livro foi concebido como um filme. O texto narra apenas uma parte da história, o resto foi pensado para ser contado pela ilustração. Expliquei ao Luiz que eu seria como o cineasta e ele ao mesmo tempo o fotógrafo e o ator do filme (ator porque, como ilustrador, interpretaria o que eu fosse transmitindo). Ele topou no ato. E foi tão bom o nosso entrosamento que praticamente não houve cena, objeto ou detalhe que não fosse discutido por nós, ponto por ponto. Com seu traço inconfundível e seu belíssimo colorido, Luiz deu vida ao que eu imaginava de um modo que ultrapassou a minha expectativa. Pode parecer que é mais fácil trabalhar com um roteiro mas, pelo contrário, é tarefa para poucos. Há tempos eu havia trabalhado dessa mesma maneira com a Cecília Modesto, que não pôde continuar e, gentilmente, me presenteou com os originais dessas primeiras ilustrações, que nos foram de grande valia.

*Você tem planos de escrever outras histórias do Seu Tatá?*

Este livro é a apresentação de Seu Tatá e família. A próxima história, que já está escrita, chama-se "Seu Tatá vai ao circo". E ele tem outras aventuras em preparo. Claro que já não posso pensar nelas sem pensar no Luiz.